토드 선장과 포도 행성

SEOUL, 2018

토드 선장과
포도 행성

제인 욜런 글 · 브루스 데근 그림 · 박향주 옮김

시공주니어

나의 대왕,
태드 알렉산더에게
- 브루스 데근

토드 선장과 포도 행성

초판 제1쇄 발행일 1998년 11월 20일
개정1판 제1쇄 발행일 2003년 8월 10일
개정2판 제1쇄 발행일 2018년 4월 25일
개정2판 제9쇄 발행일 2022년 3월 20일
글 제인 욜런 그림 브루스 데근 옮김 박향주
발행인 박헌용, 윤호권 발행처 (주)시공사
주소 서울시 성동구 상원1길 22, 6-8층 (우편번호 04779)
대표전화 02-3486-6877 팩스(주문) 02-585-1247
홈페이지 www.sigongsa.com/www.sigongjunior.com

COMMANDER TOAD AND THE PLANET OF THE GRAPES
written by Jane Yolen and illustrated by Bruce Degen
Text Copyright ⓒ 1982 by Jane Yolen
Illustrations Copyright ⓒ 1982, 1996 by Bruce Degen
All rights reserved.
This Korean edition was published by Sigongsa Co., Ltd. in 1998 by arrangement
with Jane Yolen c/o Curtis Brown, Ltd., New York, NY and Puffin, a division of
Penguin Young Readers Group, a member of Penguin Group (USA) LLC,
A Penguin Random House Company through KCC, Seoul.

ISBN 978-89-527-8624-1 74840 ISBN 978-89-527-5579-7 (세트)

*시공사는 시공간을 넘는 무한한 콘텐츠 세상을 만듭니다.
*시공사는 더 나은 내일을 함께 만들 여러분의 소중한 의견을 기다립니다.
*잘못 만들어진 책은 구입하신 곳에서 바꾸어 드립니다.

KC마크는 이 제품이 공통안전기준에 적합하였음을 의미합니다.
제조국 : 대한민국 사용 연령 : 8세 이상
책장에 손이 베이지 않게, 모서리에 다치지 않게 주의하세요.

고등학교 1학년 때부터
나를 웃겼던
마리에트에게
– 제인 욜런

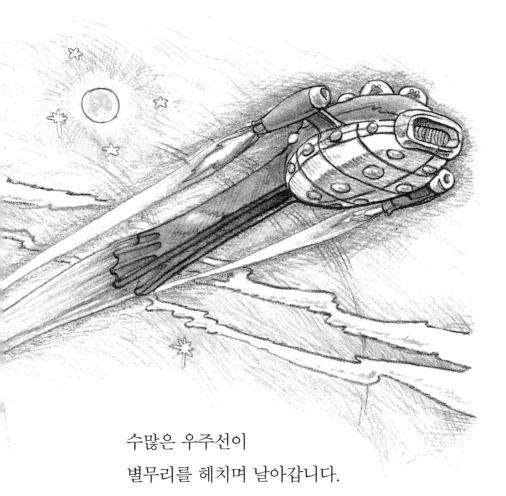

수많은 우주선이
별무리를 헤치며 날아갑니다.
기다랗고 초록색인
우주선은
오직 하나,
토드 선장의
우주선뿐입니다.

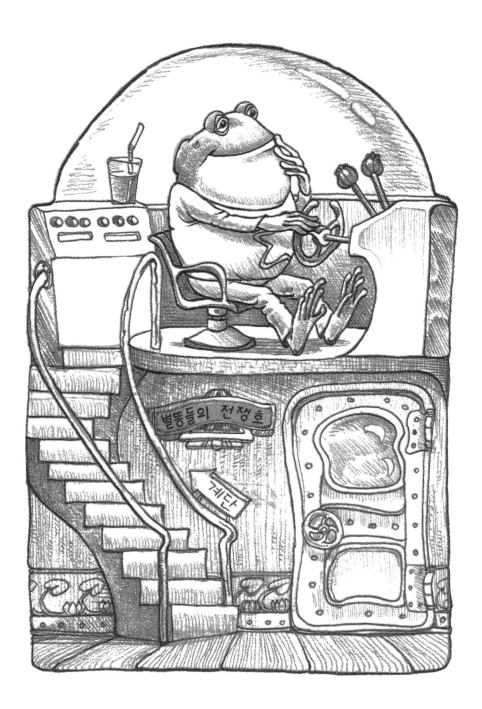

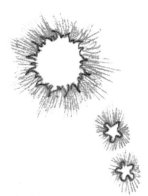

용감하고 지혜로운 선장!
지혜롭고 용감한 선장!
그 이름도 위대한 토드 선장은
우주선을 타고
드넓은 우주를
폴짝폴짝 누비고 다닙니다.
우주선 이름은
'별똥들의 전쟁'호.
새 우주를 찾아라!
새 행성을 발견하라!
지구의 한 줌 흙을 외계로 가져가라!
별똥들의 전쟁호,
그 임무는 막중합니다.

토드 선장을 따르는 대원들은
모두 씩씩하고 용감합니다.
부조종사는 엄청생각 씨.
엄청생각 씨는
생각을 많이 합니다.
엄청생각 씨의 생각은
겨울 연못처럼
깊고 차분하지요.

기관사는 나리 중위.
나리꽃같이 화사한 나리 중위는
우주선의 모든 장치와
눈금판을 잘 알고 있습니다.
우주 항해사는 공중제비.
막내 대원 공중제비는
우주선이 어디에 있는지,
어디로 갈 것인지를
지도에 표시하는 일을 하지요.

의사는 닥터꼼꼼 씨.
가장 나이 많은 닥터꼼꼼 씨는
초록색 풀잎 가발을 쓰고
대원들의 건강을 보살피지요.

대원들은
수많은 낮과 밤을
우주에서 보냅니다.
대원들은 가끔
체스를 하거나
등 짚고 뛰어넘기를 하며
놉니다.

때로는 노래도 부릅니다.

'생일 축하합니다'는

대원들이 가장 좋아하는 노래입니다.

그래도 가끔은
심심합니다.
우주선 밖으로 보이는 것은
넓고 깜깜한 우주와
멀리서 빛나는
별들뿐이니까요.

마침내 새 행성을
발견했습니다.
"지친 대원들에게
딱 좋은 곳이군."
용감하고 지혜로운
토드 선장이 말했습니다.

별똥들의 전쟁호는
거대한 초록 피클처럼 생긴
행성 위를 천천히 돌았습니다.
토드 선장과 나리 중위가
작은 탐사선을 타고
새 행성으로 내려갔습니다.
대원들을 위협하는
무시무시한 생물은 없는지
조사하기 위해서지요.

탐사선에서 뛰어내린
토드 선장은
즐겁게 웃었습니다.
"날씨도 화창하고,
한적하니 놀기에
딱 좋은 행성이군.
자네도 어서 내려오게나."
나리 중위도 환하게 웃었지요.
바로 그때, 나리 중위가
코를 훌쩍이며 재채기를 했습니다.
"에, 에…… 에취!
이렇게 평화로운 행성에도
알레르기를 일으키는 게 있다니."
나리 중위는 이렇게 말하며
또 한 번 재채기를 했습니다.

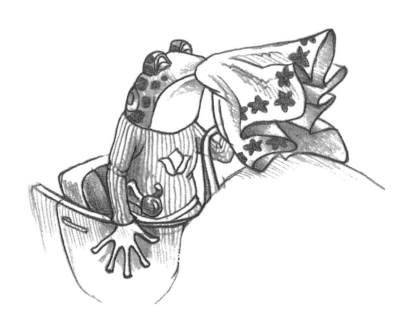

나리 중위는
대원 전용 콧수건에 코를 닦고는
뛰어내릴 준비를 했습니다.
그런데 나리 중위가
채 움직이기도 전에
토드 선장 발밑에서
무엇인가가
솟아오르기 시작했습니다.

처음엔 작은 뾰루지였다가
점점 커져서 혹이 되더니
곧 거대한 포도알처럼
부풀어 올랐습니다.
"잠깐, 잠깐!"
토드 선장이 소리쳤습니다.
"이 평화로운 행성에서는 뭐든지
빨리 자라는 모양이야."

뽀루지 같은 것이,
혹 같은 것이,
포도알 같은 것이
삽시간에 스무 개, 아니 백 개쯤
불어나서 송이를 이루더니,
토드 선장의 물갈퀴 달린 발밑에서
피아노 건반처럼
오르락내리락하며
우스꽝스러운 음악을 연주했습니다.

"랄랄라."
토드 선장은 흥얼거리며
포도알 위에서
폴짝폴짝 장단을 맞추었습니다.

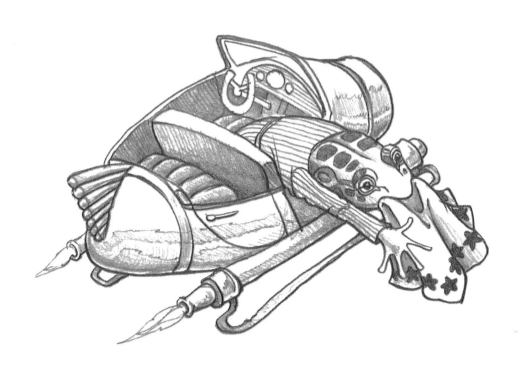

"선장님, 어서 나오세요."
나리 중위는 토드 선장을 부르다가
두 번이나 재채기를 했습니다.
나리 중위는
탐사선 한쪽 너머로 몸을 구부린 채
한 손은 코를 막고
다른 한 손은
토드 선장 쪽으로 내뻗었습니다.

"선장님, 포도알 위에서
뛰어다니지 말고
빨리 탐사선에 타세요."
그러나 때는 이미 늦었습니다.
포도알 하나가 엄청 커져서
토드 선장을 에워싸더니
꿀꺽 삼켜 버렸거든요.

"꺼억!"

포도알이 트림했습니다.

"어머나, 선장님!"

나리 중위는

소리를 치며

총을 꺼냈지만

겁이 나서 도저히

쏠 수가 없었습니다.

토드 선장이

총에 맞으면 어쩌죠?

혹시 포도알에게

밥이나 간식으로

잡아먹힌 건 아닐까요?

아니면 손님으로 초대받아

포도알 속에서 정보를

모으고 있는 걸까요?

나리 중위는 총을 집어넣었습니다.
별똥들의 전쟁호로 돌아가
도움을 청하려고요.
엄청생각 씨는
생각에 잠길 테고,
닥터꼼꼼 씨는
구급약을 가져올 테고,
막내 공중제비는
우주선에 남아 있겠지요.
"선장님, 제발 무사히 계세요. 에취!"
나리 중위가 말했습니다.

토드 선장은 말이 없었고,
"꺼억!"
포도알의 트림 소리만 들렸어요.
나리 중위는
우주선으로 되돌아가는
버튼을 눌렀습니다.

우주선에 도착한 나리 중위는
모든 대원들에게
이 사실을 알렸습니다.

엄청생각 씨는
한 손으로 턱을 괸 채
생각에 잠겼어요.
닥터꼼꼼 씨는
"거참, 희한한 일이군."
하며 진료 가방을 가져왔어요.

나리 중위는 엄청생각 씨와
닥터꼼꼼 씨와 함께
탐사선을 타고
다시 포도 행성으로 내려갔습니다.
막내 공중제비는
우주선에 남아야 했어요.
고요하고 으스스한 포도 행성에서
다른 대원들에게까지
무슨 일이 생기면
혼자서 우주선을 몰고
우주 함대로 돌아가야 하니까요.

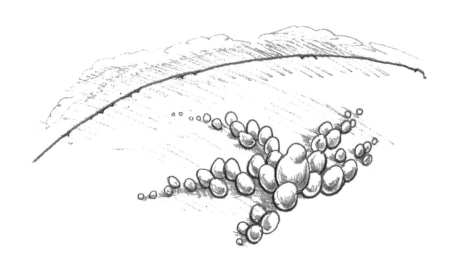

대원들은 탐사선을 타고
주위를 빙빙 돌며
포도 행성을 살펴보았습니다.
거대한 포도송이만이
대원들을 맞이했습니다.
"저 포도알 중 어느 하나에
용감하고 지혜로운 선장,
지혜롭고 용감한 선장,
토드 선장님이 갇혀 있어요."
나리 중위는 이렇게 말하며
또 코를 훌쩍였습니다.

"어떤 거지?"
엄청생각 씨가 물었습니다.
하지만 나리 중위는
알 수가 없었어요.
"잘 모르겠어요.
내 눈엔 포도알이 모두
똑같아 보여요."
"저기 저 포도알 속에
선장님이 있을 것 같군.
가운데에 난 혹 보이나?
선장님의 모자 때문에
저런 모양이 된 게 아닐까?"
엄청생각 씨는 이렇게 말하고는
혹부리 포도알을 향해
소리쳤습니다.
"선장님, 걱정 마세요.
우리가 구하러 왔어요!"

그러고는 다른 대원들에게
"내가 생각해 봤는데,
우리가 아주 빨리 움직여서
포도알이 우리를 삼킬
틈이 없게 하면 되잖아."
하며 폴짝 뛰어내렸습니다.
"잠깐만요! 에취!"
나리 중위가 말리려고 했지만,
재채기가 나오는 바람에
때는 이미 늦고 말았습니다.

엄청생각 씨의 발이 닿자마자
포도송이가
커다랗게 부풀어 오르며
엄청생각 씨를 둘러쌌어요.
그중에 가장 큰 포도알이
엄청생각 씨를 꿀꺽 삼키고는
"꺼억!" 트림했습니다.
"아이고, 이를 어째.
에, 에…… 에취!"
몹시 안타까운 나리 중위,
재채기 소리도 안타까웠습니다.

"거참, 희한하군."
고개를 갸웃거리던
닥터꼼꼼 씨,
가발을 고쳐 쓰고는
가방에서 커다란
주사기를 꺼냈습니다.

"포도알 속에 갇힌
토드 선장님과
엄청생각 씨를
구하기 전에,
중위의
그 '에, 에…… 에취!' 하는
재채기와 콧물이 멈추도록
주사부터 놓아야겠네.
자네 콧물이
발보다 빨라서야
어디 용감하게
싸울 수나 있겠나?"

닥터꼼꼼 씨가 주사를 놓으러
나리 중위 곁으로 가는 동안
탐사선 바로 밑에서
포도알 하나가
엄청난 크기로
부풀어 오르고 있었습니다.
거대한 포도알은
공기처럼 조용히,
쥐 죽은 듯 고요히,
탐사선을 에워싸고 있었습니다.

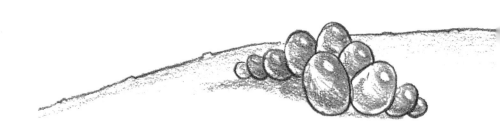

나리 중위가
재채기를 하기도 전에,
닥터꼼꼼 씨가
주사를 놓기도 전에,
포도알 중에서 가장 큰 포도알이
탐사선을 통째로
삼켜 버렸습니다.

"어떻게 포도알 하나가 이렇게 클 수 있죠?
이제부터 이 포도를
알렉산더 대왕 포도라고 불러야겠어요."
나리 중위가 말했습니다.
닥터꼼꼼 씨는
끙끙거렸습니다.
포도알 속은
깜깜하고 후텁지근했어요.
닥터꼼꼼 씨는
손전등을 들고서
이리저리 비추어 보았습니다.
조금 밝아지긴 했지만
뭐가 뭔지 분명하게
보이지는 않았습니다.

갑자기 탐사선이
왼쪽으로 기우뚱,
오른쪽으로 기우뚱,
앞으로 기우뚱,
뒤로 기우뚱,
출렁이기 시작했습니다.
나리 중위와 닥터꼼꼼 씨는
물갈퀴 달린 발이 머리와 가발에
닿을 정도로 곤두박질쳤습니다.

나리 중위가
깔고 주저앉는 바람에
총이 엉망으로 망가졌습니다.
닥터꼼꼼 씨는
주사기 손잡이를
깔고 앉아 버렸습니다.

그 바람에 주삿바늘이
포도알에 꽂혔습니다.
'쉬익.'
주사약이 포도알 속으로
들어갔습니다.
그러자 알렉산더 대왕 포도가
"꺼억!" 트림했습니다.

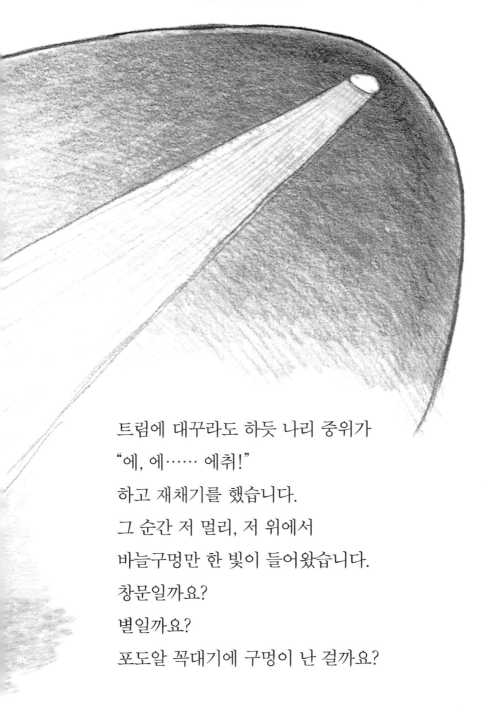

트림에 대꾸라도 하듯 나리 중위가
"에, 에…… 에취!"
하고 재채기를 했습니다.
그 순간 저 멀리, 저 위에서
바늘구멍만 한 빛이 들어왔습니다.
창문일까요?
별일까요?
포도알 꼭대기에 구멍이 난 걸까요?

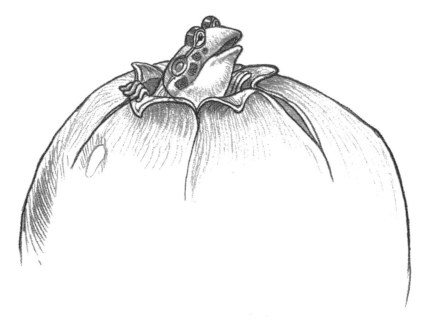

닥터꼼꼼 씨는
나리 중위에게
주사기에 남은 약을 마저 놓고
빛이 들어오는 구멍으로
중위를 들어 올렸습니다.
나리 중위는 구멍 밖으로
머리를 간신히 내밀고
주변을 살펴보았습니다.

구멍이 점점 커져서 나리 중위는
밖으로 기어 나올 수 있었습니다.
얼마 지나지 않아
포도알 껍질이 꽃잎처럼 벌어지고
닥터꼼꼼 씨가 걸어 나왔습니다.
"이게 어떻게 된 일이죠?"
나리 중위가 물었습니다.
"이제 알겠어."
닥터꼼꼼 씨가 대답했지요.

닥터꼼꼼 씨는 까만 진료 가방에서
다른 주삿바늘을 꺼내
토드 선장이 갇혀 있을
혹부리 포도알 쪽으로 다가갔어요.
닥터꼼꼼 씨가
혹부리 포도알에
주사를 놓자마자
포도 껍질이
스르르 벗겨졌고,
토드 선장이
밖으로 걸어 나왔습니다.

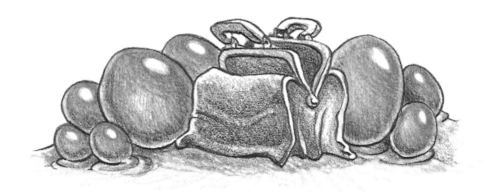

"참 포도 좋은 날이군요."
토드 선장이 닥터꼼꼼 씨와
반갑게 악수하며 말했어요.

닥터꼼꼼 씨는
엄청생각 씨가 갇혀 있는 포도알에
마지막으로 주사를 놓았습니다.
"밖으로 나오게 되다니
정말 왕포도 같군요."
엄청생각 씨,
주위를 둘러보며
즐거워했습니다.

토드 선장이 폴짝 뛰어올라
탐사선에 탔습니다.
그 뒤를 따라
엄청생각 씨,
나리 중위,
닥터꼼꼼 씨도
탐사선에 올랐습니다.
탐사선이 출발하자
"그게 도대체 뭐였습니까?"
하고 토드 선장이 물었습니다.

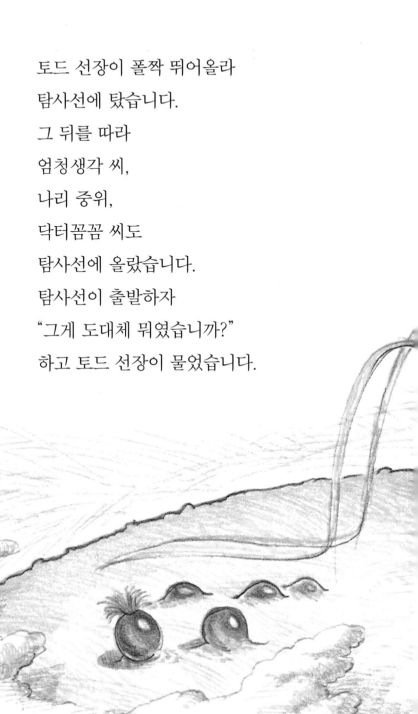

닥터꼼꼼 씨가
빙그레 웃으며 말했습니다.
"나리 중위가 그 행성에
알레르기가 있는 것처럼,
그 행성도 우리한테
알레르기가 있는 게지.
우리 때문에
사마귀가 나고,
두드러기가 생기고,
돌연변이 포도알들이
생겨난 거라네."

"이젠 재채기도 멎었고,
콧물도 안 흘러요.
역시 선생님 주사는 최고예요."
나리 중위가
코에 손을 갖다 대며
말했습니다.

대원들은 아래를 내려다보았습니다.
저 아래 행성에는
포도알이 딱 하나 남아 있었습니다.
포도알은 바보 같은
초록색 풀잎 가발을 쓰고 있었습니다.

"주사약이 이 행성에도
효과가 있나 봐요."
나리 중위가 말했습니다.
엄청생각 씨는
"흠, 이 행성이 우리에게
알레르기가 있다면
다시는 가지 않는 게
좋을 것 같군.
게다가 포도알 속은
끔찍하게 비좁으니까."
하고 말했습니다.

"그리고 포도 행성은
포도주를 아주 좋아하지."
토드 선장이 덧붙였습니다.
토드 선장은
자기 농담에 자기가 우스워
손바닥으로 두 다리를 치면서
껄껄 웃었습니다.
닥터꼼꼼 씨는 심각한 얼굴로
주사기를 가방에 넣으며
걱정했습니다.
"문제가 하나 더 있군.
이 행성에 발을 디딘 사람은 모두
아주 고약한 포도 농담을
하는 것 같네."
"고약하다니요?"
토드 선장이 물었습니다.

"농담 하나를 해도
아주 포도스럽게 한단 말일세."
닥터꼼꼼 씨가 말했습니다.

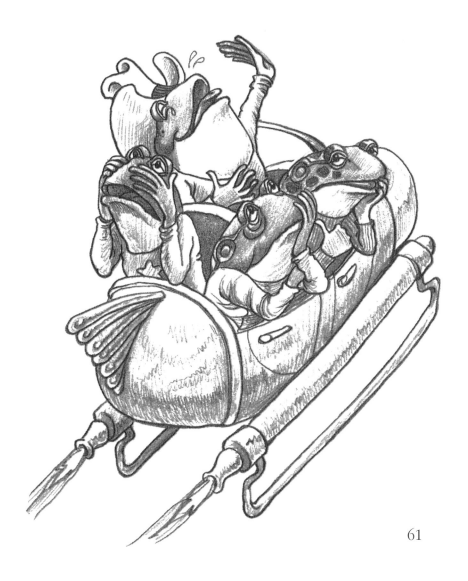

탐사선이 우주선으로 돌아왔습니다.
공중제비가 돌아온 대원들을
반갑게 맞이했습니다.
"내 생각엔 우리가 제때
빠져나온 것 같아.
포도스러운 농담보다
더 고약한 것은 없거든."
토드 선장이 말했습니다.
"무슨 말씀이세요?"
공중제비가 물었습니다.
"막내 대원은 걸려들지 않아서
정말 다행이야."
나리 중위가 말했습니다.

우주선이 다시 날아올라
우주 공간 속으로 들어가자,
대원들은 공중제비에게
모두 다 이야기해 주었습니다.
"자, 새 행성을 찾아서 출발!"
토드 선장이 명령했습니다.

토드 선장과 대원들은
이 별에서 저 별로,
저 별에서 또 다른 별로
드넓은 은하계를
폴짝폴짝
누비고 다닙니다.